GUÍA DE LECTURA

Escrita por Lise Ageorges
Traducida por Paula Barnola

Ifijenia en Áulide

de Jean Racine

Entiende fácilmente la literatura con

ResumenExpress.com

www.resumenexpress.com

JEAN RACINE

DRAMATURGO FRANCÉS

- **Nacido en 1639 en La Ferté-Milon (Francia)**
- **Fallecido en 1699 en París (Francia)**
- **Algunas de sus obras:**
  - *Andrómaca* (1667), tragedia
  - *Británico* (1669), tragedia
  - *Berenice* (1670), tragedia

Jean Racine (1639-1699) es la figura principal de la tragedia clásica en el siglo XVII, al igual que Molière (1622-1673) lo es de la comedia. Tras una educación esmerada en la abadía de Port-Royal, Racine se instala en París donde, a partir de 1663, es admitido en la corte de Luis XIV y donde desarrolla una brillante carrera como dramaturgo. Se le reconoce principalmente por sus tragedias: escribió once de ellas, las cuales, redactadas en una lengua sobria y poética, se inspiran en la mitología griega (*Andrómaca*), en la historia romana (*Británico*) o en la historia cristiana (*Atalía*), y exploran las pasiones humanas.

IFIJENIA EN ÁULIDE

EL SACRIFICIO DE IFIJENIA AL SERVICIO DEL PATRIOTISMO

- **Género:** obra de teatro (tragedia)
- **Edición de referencia:** Racine, Jean. 1832. *Ifijenia en Áulide*. Traducido por Domingo Navas Spínola. Caracas: Imprenta de Valentín Espinal
- **Primera edición:** 1674
- **Temáticas:** dilema, sacrificio, familia, deber, amor

Creada en 1674, *Ifijenia en Áulide* es una tragedia de cinco actos, libremente inspirada en *Ifijenia en Áulide* de Eurípides. La acción se desarrolla en Áulide, en el campo del ejército de Agamenón. El ejercito griego se prepara para partir a la conquista de Troya, pero los vientos no le son favorables. Antes del comienzo de la obra, el oráculo de Calchas ha revelado que los dioses prestarán su apoyo a los griegos a cambio del sacrificio de Ifijenia. Agamenón, padre de Ifijenia y jefe del ejército, se encuentra dividido entre sus deberes para con los dioses y los griegos y su amor por su hija. El destino de Ifijenia, en el centro de la obra, desata pasiones entre los personajes y mantiene la tensión dramática hasta el desenlace.

RESUMEN

Escena 1

Agamenón relata a Arcas los sucesos de la víspera. El oráculo de Calchas le ha desvelado la voluntad de los dioses. Le ordenan que sacrifique a su hija Ifijenia si quiere que se levanten los vientos y que le abran el camino hacia Troya. Dividido entre su amor paternal y sus deberes como monarca, decide en un primer momento obedecer a los dioses y utiliza la boda entre Ifijenia y Aquiles como pretexto para hacer venir a su hija sin que ella sospeche nada. Pero la ternura paternal puede con él y se retracta. Así, le confía una misión a Arcas: que haga llegar una carta a Clitemnestra, su mujer, en la que Aquiles aplace la boda hasta su vuelta de la campaña.

Escenas 2-3

Aquiles acaba de llegar a Áulide y se entera de su boda con Ifijenia. Se presenta ante Agamenón para darle las gracias pero este le recibe con frialdad y le frena en sus proyectos de conquistar Troya. Cada uno a su manera, Aquiles y Ulises incitan a Agamenón a partir a la guerra. Agamenón deja entrever su debilidad y su falta de coraje.

Escenas 4-5

El anuncio de la llegada de Clitemnestra y de Ifijenia, acompañadas de Erifila, hace que se desvanezca la última esperanza de Agamenón de salvar a su hija. Ahora ya no puede dar marcha atrás y debe decidirse a aceptar el sacrificio de su hija. Ulises le apoya y le hace visualizar la gloria que le espera.

ACTO II

Escena 1

Erifila, secuestrada por Aquiles en Lesbos, confía su angustia a Doris. De padres desconocidos, Erifila busca sus orígenes. Un oráculo le ha predicho que solo los descubrirá en el momento de su muerte. Una nueva causa viene a sembrar el malestar en el corazón de Erifila. Enamorada de Aquiles desde que este la raptara, siente celos de Ifijenia, y desea frustrar el matrimonio entre Ifijenia y Aquiles.

Escenas 2-3

Ifijenia se enfrenta a la frialdad de su padre, que no consigue decirle la verdad. Este mutismo lleva a la joven a hacerse preguntas sobre Aquiles y su compromiso.

Escenas 4-5

Tras haber conocido de los labios de Arcas que Aquiles desea aplazar su boda hasta su vuelta de la campaña, Clitemnestra, ofendida, decide anular el matrimonio y volver a Argos con su hija. Ifijenia atribuye este brusco cambio de Aquiles a la intervención de Erifila. Le acusa de amar a Aquiles y de ser la causa de la anulación de la boda. Erifila lo niega totalmente.

Escenas 6-7

Ifijenia informa a Aquiles de su partida inmediata. Aturdido, Aquiles le pide explicaciones a Erifila. Aquiles se entera entonces de que Agamenón les ha escrito una carta a Clitemnestra y a Ifijenia haciéndose pasar por él. Rechazado por Ifijenia y alarmado por las advertencias de Calchas y de Ulises respecto de su boda, Aquiles se deja invadir por la duda.

Escena 8

Celosa, Erifila rumia su odio y su sed de venganza contra Ifijenia.

ACTO III

Escenas 1-2

Aquiles reafirma su amor por Ifijenia y su deseo de celebrar la boda lo más rápido posible. Agamenón consiente entonces la unión de Aquiles e Ifijenia, pero le ruega a Clitemnestra que no participe. Esta protesta pero Agamenón le obliga a obedecer.

Escenas 3-4

Aquiles expresa la alegría que siente de casarse con Ifijenia ese mismo día y se alegra de partir a la conquista de Troya. Ifijenia le suplica a Aquiles que ponga en libertad a Erifila antes de que se celebre la boda. Aquiles accede a su petición.

Escena 5

Arcas desvela las verdaderas intenciones de Agamenón para con su hija: lo que se está preparando no es una boda sino el sacrificio de Ifijenia. Clitemnestra, Aquiles e Ifijenia reciben esta noticia con estupor. Clitemnestra le ruega a Aquiles que proteja a su hija y se dirige al encuentro de Agamenón, decidida a cambiar el curso del destino.

Escenas 6-7

Aquiles está furioso y desea vengarse de Agamenón y del ultraje que le ha hecho sufrir. Ifijenia defiende a su padre ante Aquiles. Aquiles no puede entenderla y se prepara para ir a hablar con el rey, pero Ifijenia le retiene.

ACTO IV

Escena 1

Erifila envidia la suerte de Ifijenia, que la sitúa en el centro de todas las preocupaciones. Desesperada, planea revelar a todos la noticia del sacrificio de Ifijenia y de sembrar así la consternación entre los griegos.

Escenas 2-4

Cuando ve a su hija desconsolada, Agamenón se da cuenta de que Arcas le ha traicionado. Ifijenia reitera su obediencia total a su padre pero trata de enternecerlo, haciéndole pensar en la inmensa pena que le causará su muerte. Agamenón se mantiene firme y no se deja conmover por el dolor de Clitemnestra ni por las amenazas de unirse al sacrificio de su hija.

Escena 5

Agamenón se lamenta sobre su condición de padre, que hace que su deber resulte tan doloroso.

Escena 6

Aquiles se opone fuertemente a la decisión de Agamenón y le recuerda que le ha prometido a Ifijenia. Agamenón afirma sus derechos sobre la vida de su hija y acusa a Aquiles de haber precipitado el sacrificio de Ifijenia con su afán de conquistar Troya. Aquiles le contesta que no tiene ningún interés en apropiarse de Troya y que su objetivo es, ante todo, agradar al rey a fin de obtener la mano de su hija. Como último recurso, Aquiles jura que para sacrificar a Ifijenia habrá que matarlo a él antes.

Escenas 7-8

A pesar de su firmeza aparente, a Agamenón le invaden las dudas y la ternura paternal acaba por prevalecer una vez más sobre sus deberes como monarca. Decide dejar vivir a su hija, pero lejos de Aquiles.

Escenas 9-10

Agamenón le pide a Clitemnestra que lleve a Ifijenia lejos del campo.

Escena 11

Erifila, que desea que Ifijenia sea sacrificada, informa a

Calchas sobre la decisión de Agamenón.

ACTO V

Escenas 1-2

Ifijenia se niega a huir y se resigna a su destino, invocando el respeto a los dioses y a la autoridad de su padre.

Escena 3

Desolada, Clitemnestra quiere morir junto con su hija. Ifijenia trata de hacerle razonar y le recuerda su deber como madre (Clitemnestra tiene otro hijo: Orestes). En este momento de la obra, la suerte de Ifijenia parece estar sellada y su muerte parece inevitable.

Escenas 4-5

Clitemnestra se dirige hacia el lugar del sacrificio cuando aparece Ulises. Le anuncia que su hija vive y le cuenta lo que ha pasado. Cuando la furia de Aquiles provocaba el pánico en el lugar del sacrificio, los dioses intervienen a través de Calchas para desvelar el verdadero significado del oráculo: no era Ifijenia, hija de Agamenón, la que debía ser sacrificada, sino otra Ifijenia, hija de Teseo y de Helena, que se escondía bajo el nombre de Erifila. Negándose a morir a manos de Calchas, Erifila se suicida. Gracias a este cambio repentino, Ifijenia se salva y se puede celebrar el matrimonio de los dos héroes.

ESTUDIO DE LOS PERSONAJES

AGAMENÓN

Agamenón es el rey de Argos y toma el mando del ejército de los aqueos durante la guerra de Troya. En *Ifijenia en Áulide*, Agamenón se enfrenta a un dilema trágico: debe elegir entre ser rey o ser padre, entre sus deberes para con la ciudad y su amor por su hija. Ante esta elección imposible, el personaje se encuentra en constante debate entre sus sentimientos contradictorios y no consigue tomar una decisión firme.

Monarca autoritario, a Agamenón le devora la ambición y la «sed insaciable de dominio» (Racine 1832, acto III, escena 4). Obsesionado con el poder, Agamenón se enorgullece de su gloria («en mi poder embelesado,/ y de mi dignidad suprema lleno», Racine 1832, acto I, escena 1) y no soporta que la gente se le resista o que le contradigan. Así pues, cuando Aquiles osa enfrentarse a él (Racine 1832, acto IV, escena 6), Agamenón le desprecia y lo rechaza. Se comporta igualmente de manera despótica con su mujer: «Señora: yo lo quiero y os lo mando./ Obedeced» (Racine 1832, acto III, escena 1).

Pero Agamenón no es simplemente un tirano sediento de poder, sino que es también un padre desolado y solo ante la idea de sacrificar su hija. Racine nos muestra, de esta manera, la debilidad del hombre frente a una decisión que le sobrepasa. Independientemente de la decisión que tome, Agamenón es un criminal. Si salva a su hija, comete un sacrilegio y, si la sacrifica, se convierte en el autor de un crimen contra natura. Agamenón es un auténtico héroe trágico, pues lucha contra un destino que no le pertenece.

IFIJENIA

Ifijenia es la hija de Clitemnestra y Agamenón, que va a casarse con Aquiles. Ifijenia representa a la enamorada inocente y pura. Al contrario que los otros personajes, Ifijenia es comedida en sus palabras y en sus actos, y no busca enfrentarse a su destino. Obediente, respeta a su padre y acepta sacrificarse por su patria y el honor de su familia. Lejos de apiadarse de su suerte, siente pena por su padre y sufre por Clitemnestra y Aquiles. El dolor de los demás le resulta más insoportable que el suyo propio. Ifijenia interviene en varias ocasiones para tratar de calmar los arrebatos de su madre y la sed de venganza de Aquiles (Racine 1832, acto III, escena 6 y acto V, escena 3). En medio de las pasiones que se desencadenan, Ifijenia encarna, de cierta manera, el comedimiento y la sabiduría.

CLITEMNESTRA

Clitemnestra es la mujer de Agamenón. Orgullosa y posesiva, es una madre agobiante, que no duda en tomar decisiones por su hija y orientar su vida: «Hija mía, por nada detenidas debemos ser» (Racine 1832, Acto II, escena 4); «Armad vuestro valor de un noble orgullo» (Racine 1832, Acto II, escena 4). Segura de su poder y de su «grandeza» (Racine 1832, acto II, escena 5), Clitemnestra se atreve a enfrentarse a Agamenón: «Yo corro a verme con mi aleve esposo/No sostendrá el furor en que me abraso» (Racine

1832, acto III, escena 5).

A la imagen de su esposo, Clitemnestra es un personaje de la desmesura que se deja invadir por sus pasiones: «Ah! Ya se rinde/A esa traición cruel todo mi juicio» (Racine 1832, acto IV, escena 4). Desgarrada por el dolor de perder a su hija, reacciona de una manera animal y sus palabras revelan su falta de lucidez: «de la armada entera/He de saberla defender» (Racine 1832, acto V, escena 3). Herida en su orgullo de madre, maldice a los griegos y les desea la derrota: «O mar, para tragarte/Ese millar de naves y con ellas/Los Griegos, no abrirás nuevos abismos!» (Racine 1832, acto V, escena 4). Su desgracia le hace olvidar su condición de reina y la destroza mental y físicamente: «Ay de mí! que de nada me aprovechan/Estos esfuerzos en que me consumo» (Racine 1832, acto V, escena 4).

En el personaje de Clitemnestra encontramos, al igual que en el de Agamenón, el arquetipo de héroe trágico: impotente ante su destino en tanto que subordinado a la voluntad de los dioses, el héroe trágico se agota en su ardua lucha que es, sin embargo, inútil contra la fatalidad.

AQUILES

Héroe legendario de la guerra de Troya, Aquiles representa la fuerza y el coraje. En *Ifijenia en Áulide,* Aquiles se presenta como un guerrero temerario y un amante apasionado.

Al principio de la obra, Aquiles es fiel a Agamenón y se esfuerza en mostrarle su valor y su determinación. Mediante la conquista de Troya, Aquiles no busca solamente la gloria sino también la confianza y el respeto de Agamenón. El rey le ha prometido a su hija y Aquiles quiere demostrar con sus hazañas que la merece.

Al contrario que Agamenón, que teme a los dioses y sus sentencias, Aquiles piensa que el coraje de los hombres puede hacerles dueños de su destino: «empero nuestra gloria/No está, Señor, sino al arbitrio nuestro» (Racine 1832, acto I, escena 2). A pesar de un presagio en el que se le revela una muerte cierta si parte a la conquista de Troya, Aquiles se niega a escuchar a los oráculos y a actuar en función de sus mensajes. Así, preconiza una cierta emancipación del hombre frente a la divinidad, a pesar de que el hombre se presenta como algo ilusorio en la obra de Racine, ya que finalmente son los dioses quienes tienen la última palabra.

Su relación con Agamenón se vuelve conflictiva a partir del momento en el que se entera de que este le ha manipulado con el fin de sacrificar a Ifijenia a sus espaldas. Cuidadoso con su honor, Aquiles no duda en enfrentarse a la autoridad real y a calificar al rey de «bárbaro» (Racine 1832, acto III, escena 6), de «cruel» (Racine 1832, acto III, escena 6) y de «asesino» (Racine 1832, acto III, escena 6). Enfrentándose a Agamenón, no solo pretende salvar a Ifijenia, sino también su gloria: «A vuestra hija y mi gloria al mismo tiempo/A defender estoy comprometido» (Racine 1832, acto IV, escena 6). Su «amor [que le] ciega» (Racine 1832, acto V, escena 2) y su sed de venganza alteran su discernimiento y le llevan hacia el camino de la desmesura y el crimen: «Por mis manos la pira hecha pedazos/Y derribada, se verá dispersa/En la sangre nadar de los verdugos» (Racine 1832, acto V, escena 2).

ERIFILA

Erifila es una joven a la que Aquiles había capturado durante la batalla de Lesbos. Mientras que Ifijenia es pura, generosa e inocente, Erifila es manipuladora, amargada y envidiosa. Es, de alguna manera, el extremo opuesto a Ifijenia. A pesar de todas sus diferencias, Ifijenia y Erifila tienen en común su amor por Aquiles.

De padres desconocidos, Erifila espera que el oráculo de Calchas le dé alguna pista respecto de sus orígenes. Erifila desea, en secreto, separar a Aquiles de Ifijenia o crear algún tipo de desgracia que impida la celebración de la boda. Finalmente, sus deseos se frustran cuando comprende que Aquiles sigue locamente enamorado de Ifijenia.

A partir de este momento, Erifila se hunde en la desgracia y se centra en un único objetivo: impedir la celebración de la boda y apresurar el sacrificio de Ifijenia. Consiente de la desgracia que la acecha: «Para mí el infortunio solo se hizo» (Racine 1832, acto IV, escena 1), Erifila actúa con el único objetivo de destruir, como si quisiera arrastrar a los demás en su proceso aniquilador. Erifila se revela como un personaje totalmente trágico, pues no tiene ninguna esperanza a la que agarrarse.

CLAVES DE LECTURA

LA IRONÍA TRÁGICA

La ironía trágica se manifiesta en el desfase existente entre la ignorancia del héroe, que no es consciente del peligro que le acecha, y las informaciones de las que dispone el espectador. Mediante este procedimiento, muy utilizado en las tragedias antiguas y clásicas, el autor pone de relieve el carácter implacable del destino y la impotencia de los hombres frente al mismo.

Ifijenia en Áulide está llena de ironía trágica de principio a fin, ya que todos los personajes buscan la verdad pero ninguno es capaz de entender y de interpretar correctamente la realidad. Sus errores de juicio les conducen, sin que sean conscientes y sin que lo deseen, a su propia derrota. Aquiles e Ifijenia están contentos con motivo de su matrimonio, mientras que la muerte está esperando a Ifijenia en el altar; Clitemnestra, al venir a Áulide para celebrar el «himeneo» de su hija, la está llevando, en realidad, a su martirio; Aquiles, debido a su fogosidad guerrera, precipita el sacrificio de Ifijenia; Erifila, creyendo que va a encontrar sus orígenes y su puesto en Áulide, encuentra finalmente la muerte. El personaje de Erifila es particularmente trágico, ya que cree que promoviendo el sacrificio de Ifijenia está defendiendo sus propios intereses, mientras que, sin embargo, no hace sino precipitar su muerte. El estatus de rey de Agamenón no le salva tampoco de la ironía trágica de la que es víctima como los demás personajes. De hecho, al final del acto V, nos enteramos de que Agamenón ha luchado durante toda la obra contra una profecía que había malinterpretado.

Toda la acción dramática de Ifijenia en Áulide se desarrolla como consecuencia de un error de interpretación del oráculo de Calchas. La tragedia no es finalmente sino el resultado de la ceguera humana y la demostración de la omnipotencia divina sobre los seres humanos. Esta concepción pesimista de la condición humana, ampliamente divulgada en el siglo XVII por la doctrina agustiniana (doctrina de San Agustín, uno de los padres de la Iglesia, nacido en el año 354 y fallecido en el 430), es una característica esencial de la tragedia raciniana.

EL REY, ¿UN MORTAL COMO EL RESTO?

¿Es Agamenón, digno descendiente de Atreo, rey poderoso y respetado por todos, un mortal como el resto?

En *Ifijenia en Áulide*, Agamenón se muestra bajo dos rostros, el de monarca autoritario y despiadado y el de padre desolado ante la idea de sacrificar a su hija.

Dividido entre sus deberes políticos y religiosos y su ternura paternal, Agamenón cambia constantemente de decisión respecto del destino de su hija. Su debilidad le hace particularmente vulnerable al discurso de sus allegados. A veces seducido por la imagen de monarca triunfal que Ulises le presenta, a veces sacudido por los discursos injuriosos de Clitemnestra y de Aquiles, Agamenón se pierde en sus contradicciones y acaba cediendo: «No puedo más. Me rindo/ Desde luego a la sangre y al afecto» (Racine 1832, acto IV, escena 8).

Las tergiversaciones, dudas y artimañas de Agamenón orientan el curso de la obra y generan numerosos cambios bruscos de situación, pero ¿es realmente Agamenón quien controla la situación? Es cierto que la acción dramática tiene su origen en Agamenón, ya que los otros personajes actúan en función de lo que este dice y hace, dividiéndose entre oponentes y ayudantes. Sin embargo, Agamenón no parece controlar sus actos en ningún momento, ya que sufre más que actúa. Como el resto de personajes, Agamenón es víctima de sus pasiones y, no siendo capaz de controlar su destino ni de afrontar la realidad, se cubre el rostro: «o porque quiera/No ver los homicidios que presagia,/O por tener sus lágrimas secretas,/El rostro se ha cubierto con un velo» (Racine 1832, acto V, escena 5).

Cegado y sometido por sus pasiones, el rey queda reducido a su condición de simple mortal subordinado a la voluntad de los dioses. Desde el acto I, Agamenón confía su impotencia a Ulises («Ya me rindo, Señor, y la inocencia/Tiranizar por las deidades dejo», Racine 1832, acto I, escena 5) y, en varias ocasiones, desea que los dioses decidan por él, ya sea para salvar a Ifijenia (Racine 1832, acto I, escena 3) o para reiterar su voluntad (Racine 1832, acto IV, escena 9). A pesar de su grandeza y su poder, Agamenón no es libre y su estatus de rey le obliga a ser esclavo «De los rigores de la suerte [esclavos]/Y del concepto público» (Racine 1832, acto I, escena 5).

EL HOMBRE DOMINADO POR SUS PASIONES

La tragedia clásica, al igual que la tragedia antigua, tiene un objetivo moralizador: el espectador, mediante la identificación con el personaje, cuyas emociones siente, se libera de sus propias pasiones en la vida real (la catarsis en *La Poética* de Aristóteles). En el siglo XVII, la pasión se asocia a una enfermedad que afecta al juicio del hombre. El hombre debe, por lo tanto, tratar de despojarse de la misma, a fin de llevar una vida más harmoniosa.

En *Ifijenia en Áulide*, los personajes actúan según sus pasiones, las cuales les conducen al exceso. Este se manifiesta en Agamenón y su sed de poder, Aquiles y su fogosidad guerrera, Clitemnestra y sus accesos de cólera, Erifila y su obsesión por la venganza. La violencia de sus pasiones les ciega y les lleva a cometer errores o a actuar en contra de sus propios intereses. Por medio de sus acciones, los personajes tienen la sensación de actuar según su libre albedrío, de dirigir su destino, sin embargo, están sometidos a la voluntad de los dioses.

Clitemnestra y Aquiles, en su obstinación por contrariar la voluntad divina, muestran su orgullo y se revelan en cierta manera contra los dioses. Su orgullo y su insumisión son totalmente improductivos porque es finalmente la divinidad la que tiene la última palabra y la que instaura la paz y la serenidad entre los personajes. Por medio de esta tragedia, Racine difunde un mensaje de comedimiento y de sabiduría a sus contemporáneos: hay que vivir sometidos a la voluntad de los dioses y sin oponerse a su autoridad. Este mensaje es totalmente acorde a su época, en la que el rey reina de manera absoluta en Francia y la doctrina religiosa es la autoridad moral.

DOS TRAGEDIAS EN UNA

Racine inventó el personaje de Erifila, que no está presente en la tragedia de Eurípides, en aras de la verosimilitud y la decencia. En la tragedia de Eurípides, Ifijenia es secuestrada por la diosa Diana en el momento del sacrificio y esta la reemplaza por una cierva. En la época de Racine, las reglas del teatro clásico (en este caso, la regla de la verosimilitud) imponen la no representación en escena de este tipo de milagro. Con el fin de evitar un final demasiado poco creíble, Racine crea así el personaje de Erifila, que se revela como la Ifijenia que reclaman los dioses. Por medio de esta invención, Racine salva a la hija de Agamenón, contentando así al espectador, feliz de que la historia haya terminado «bien» para la heroína. Pero Erifila no es simplemente un deus ex machina, sino que tiene un verdadero papel y lleva a cabo su propia búsqueda a lo largo de toda la tragedia.

Mientras que Ifijenia va a Áulide para casarse y cumplir así la voluntad de su padre, Erifila tiene un doble objetivo: descubrir sus orígenes por medio de Calchas y provocar el fracaso de la boda entre Aquiles e Ifijenia. En el sistema actancial desplegado alrededor de Erifila, Ifijenia es la oponente y el obstáculo a vencer. En la escena 4 del acto II, cuando Clitemnestra e Ifijenia anuncian su partida, parece que la tragedia de Ifijenia abandona la escena en beneficio de la obra de Erifila y que el tema principal va a dejar de ser, en adelante, el sacrificio o la boda de Ifijenia, sino la cuestión relativa a si Erifila conseguirá seducir a Aquiles. Sus esperanzas se desvanecen pronto cuando, en la escena 7, se entera de que Aquiles, todavía locamente enamorado de Ifijenia, ha sido víctima de una estratagema. La tragedia de Ifijenia vuelve, así pues, al primer plano y la de Erifila se desarrolla exclusivamente en paralelo a la principal.

A partir del momento en el que sabe que ya no tiene ninguna esperanza de ser amada por Aquiles, Erifila se lanza a un proceso de destrucción donde la desesperación y la venganza guían sus actos. Erifila, un auténtico personaje trágico, se precipita hacia la desgracia y avanza inexorablemente hacia su muerte. Cumple, de esta manera, con el destino que los dioses le habían predicho algunos años antes.

Finalmente, Erifila aporta un interés dramático a la tragedia de Ifijenia, ya que ofrece una cara más oscura de la pasión y, mediante sus artimañas y sus planes maléficos, contribuye a intensificar la tensión y el suspense a lo largo de toda la obra. Alejada de la tragedia de Ifijenia, consigue dar vida a «su tragedia» a través de su propio recorrido trágico.

PISTAS PARA LA REFLEXIÓN

ALGUNAS PREGUNTAS PARA PROFUNDIZAR EN SU REFLEXIÓN...

- ¿Qué es lo que motiva a los personajes de *Ifijenia en Áulide*, la pasión o el deber?
- Comente esta cita de Roland Barthes: «Sin Erifila, *Ifijenia* sería una buena comedia»[1].
- ¿Qué es lo que hace que Erifila sea una verdadera heroína trágica?
- ¿Es Ifijenia un personaje razonable?
- En *Ifijenia en Áulide*, ¿las pasiones son un motor o un obstáculo en la acción?
- ¿Qué imagen da Racine del monarca a través de Agamenón?
- ¿Qué significa el desenlace con respecto al resto de la obra? ¿Qué mensaje se da al espectador o al lector?
- A través de sus tragedias, Racine nos ofrece una cierta visión de la condición humana. Defínala ayudándose de otras tragedias de este autor.
- ¿Qué nos indica que Aquiles es un personaje desmesurado?
- ¿Qué parte de esta obra se corresponde con la ironía trágica?

---

1. Cita traducida por ResumenExpress.com

¡Su opinión nos interesa!
¡Deje un comentario en la página web de su librería en línea,
y comparta sus favoritos en las redes sociales!

PARA IR MÁS ALLÁ

EDICIÓN DE REFERENCIA

- Racine, Jean. 1832. *Ifijenia en Áulide*. Traducido por Domingo Navas Spínola. Caracas: Imprenta de Valentín Espinal.

EN RESUMENEXPRESS.COM

- Guía de lectura de *Andrómaca* de Jean Racine.
- Guía de lectura de *Berenice* de Jean Racine.
- Guía de lectura de *Fedra* de Jean Racine.